25301

Ye

L'ÈRE

DE CHARLES X

Ode.

2.ᵉ Édition.

C.

TOULOUSE, IMPRIMERIE DE F. VIEUSSEUX.

L'ÎLE

DE CHARLES X,

Ode,

PAR NESTOR DE LAMARQUE.

.... Le Siècle effrayé, regardant en arrière,
S'arrête ! se rassure, et poursuit sa carrière
Sous un astre plus doux.

STROPHE 22.

À PARIS,

CHEZ PONTHIEU, LIBRAIRE AU PALAIS ROYAL,
ET LES AUTRES MARCHANDS DE NOUVEAUTÉS.

1825.

À Sa Majesté

Charles dix,

Hommage

du profond respect

de son très-humble, très obéissant
serviteur, et fidèle sujet.

N. DE LAMARQUE.

L'ERE

DE CHARLES X,

Ode.

⊛

Lorsque l'Impiété, dans sa vaine pensée,

Livre aux droits les plus saints une guerre insensée,

Colosse audacieux,

Appuyés dans le ciel les trônes de la terre,

Sur leur base ébranlés, chancellent !... le tonnerre

Gronde, et tombe avec eux.

L'Anarchie aux cent voix s'agite et se soulève ,

La Terreur la précède , et l'échafaud s'élève

Où le trône n'est plus ;

Et la hache homicide , en ces jours d'inclémence ,

Frappe , aux cris forcenés d'une foule en démence ,

Et vainqueurs et vaincus.

Dans le temple , indigné de sa pompe profane ,

L'homme vient proclamer , par un impur organe ,

Ses droits fallacieux ;

La Raison , s'érigeant un autel sacrilége ,

Au Dieu qu'elle a banni laisse le privilége

D'être oisif dans les cieux.

La Liberté , souillant dans sa farouche ivresse

Les grands noms évoqués de Rome et de la Grèce ,

Brise le frein des lois ;

Elle danse en hurlant sous l'Arbre des ruines ,

Aux rameaux desséchés , qui jusqu'à ses racines

A bu le sang des Rois :

Quels fruits a-t-il portés ? La mort et l'esclavage,

Et l'exil gémissant de rivage en rivage,

  Et la honte et le deuil ;

Fruits amers de cet arbre aux humains si funeste,

Qu'interdit dans Eden la Sagesse céleste,

  Qu'osa goûter l'Orgueil !

L'Orgueil a dans sa main pesé les diadèmes,

Il a demandé compte aux majestés suprêmes

  De leurs titres sacrés !....

Que l'autel ne soit plus ! que la tombe périsse !

Les vivans sont proscrits, les morts ont leur supplice

  En ces jours abhorrés......

Non, non, tout n'est pas crime ! et le spectacle change :

La vertu fait briller, dans cet affreux mélange,

  Ses rayons consolans ;

Le dévoûment gémit, la victime pardonne,

L'héroïsme combat, et la gloire rayonne

  Sur nos drapeaux sanglans.

Ces drapeaux, de tout tems connus de la victoire,

L'Ennemi les a vu fidèles à la gloire

  En changeant leur couleur :

·Fameux par ces combats qu'admirent l'Hespérie,

Le Nil, le Rhin, le Tage...., ils n'ont qu'une patrie,

  Celle de la valeur !

Et c'est en confondant ces splendeurs fraternelles,

Nos palmes d'autrefois et nos palmes nouvelles,

  Qu'à nos yeux éperdus

Un Bourbon, qu'attendait le trône de ses pères,

De retour parmi nous des rives étrangères,

  « N'est qu'un Français de plus. »

C'est par les mots sacrés qu'un Monarque sublime,

Martyr de la vertu, fesait entendre au crime :

  Clémence, oubli, pardon !

Qu'un Prince , qui de Dieu reçut le droit d'absoudre ,
Peut porter sur un trône où fume encor la foudre
     Le sceptre d'un Bourbon :

Trop de maux ont pesé sur sa triste patrie !
Des Peuples et des Rois la sagesse est mûrie
     Par tant d'adversités !
Unis par le malheur et par la confiance ,
Eux seuls peuvent former d'une SAINTE ALLIANCE
     Les durables traités.

Du bonheur de la France il fera son étude ;
Et c'est en retraçant à sa sollicitude
     Nos besoins renaissans ,
Qu'il entendra la voix dont souvent les Ministres ,
Flatteurs ambitieux et conseillers sinistres ,
     Etouffent les accens.

C'est en favorisant l'essor de la pensée ,
Pour éclairer les Rois vers le trône élancée ,
     Qu'il connaîtra les cœurs ,

Et qu'il apercevra les bords du précipice,

Dont l'infidélité, la fraude ou l'injustice

    Couvre les profondeurs;

C'est en suivant le cours du grand siècle où nous sommes,

En consultant les mœurs et les tems et les hommes,

    Leurs devoirs et leurs droits,

Qu'il saura, rassemblant un faisceau de lumière,

Faire sortir son nom, cher à l'Europe entière,

    De la foule des Rois;

C'est, enfin, en marchant à l'éclat tutélaire

De ce PHARE propice, allumé par son frère,

    Qui reprend sa splendeur!

DIEU FIT LA LIBERTÉ, L'HOMME A FAIT L'ESCLAVAGE:

Régner sur l'homme libre est le plus beau partage;

    Et c'est là sa grandeur.

CHARLES, tu l'a promis: faut-il d'autres augures?

Ce gage révéré, ce pacte, tu le jures

    En Prince-chevalier!

Monte donc sur le trône acquis par ta naissance,
Par le vœu d'un grand peuple et l'amour de la France;
    Ce titre est le premier :

Ainsi le Béarnais, dont le nom populaire
Est de ses descendans l'exemple héréditaire,
    Père de ses sujets,
Modèle des Héros et des Rois magnanimes,
Vit tous les ennemis de ses droits légitimes
    Vaincus par ses bienfaits.

DE la Religion que les pompes antiques,
Consacrant à nos yeux les fêtes politiques,
    Rassurent l'avenir !
Le pouvoir rend hommage au seul Pouvoir suprême;
Ces augustes sermens, entendus du Ciel même,
    Un Roi doit les tenir :

L'anathème a frappé ces têtes couronnées,

Qui d'un peuple abusé trompant les destinées

    En furent les fléaux ;

Et la foudre, en tombant sur un Héros funeste,

L'a jeté loin du trône, où la faveur céleste

    Répare tant de maux.

Oui, CHARLES, c'est de toi, de ta franchise auguste,

Qu'un nouvel Age espère un règne heureux et juste,

    Digne de tes Aïeux,

Dont tu vois en ce jour resplendir les images,

Et dont le nom se perd dans ces brillans hommages

    Que tu reçois près d'eux.

Saint Louis t'a transmis sa piété sublime,

Louis douze y mêla sa bonté magnanime,

    François premier l'honneur ;

Ce Roi, nommé le Grand, que l'Europe contemple,

Te lègue d'un beau siècle et les noms et l'exemple...

    CHARLE y joint le bonheur :

Nous l'obtiendrons de toi ! les leçons de notre âge
De ta haute sagesse affermiront l'ouvrage ;
    Les tems sont mûrs pour nous :
Et le Siècle effrayé , regardant en arrière ,
S'arrête ! se rassure , et poursuit sa carrière
    Sous un astre plus doux.

Telle en ces mêmes lieux , où la lave brûlante
Promena si long-tems la mort et l'épouvante ,
    Bords naguère inféconds ,
Sans craindre des volcans la colère épuisée ,
La Terre orne son sein , belle et fertilisée ,
    De paisibles moissons.

 Notes.

Page 10, Strophe 2.

Un Bourbon, qu'attendait le trône de ses pères,
De retour parmi nous des rives étrangères,
« N'EST QU'UN FRANÇAIS DE PLUS. »

Mot qui renfermait toutes nos espérances, et justifiait cette prédiction poëtique :

Le pur sang des Bourbons est toujours adoré.
Tôt ou tard il faudra que de ce tronc sacré
Les rameaux divisés et courbés par l'orage,
Plus unis et plus beaux, soient notre unique ombrage.
(Adélaide du Guesclin. — Acte II. *Sc.* I. *)*

Page 11, Strophe 3.

. . . . ,
Qu'il entendra la voix dont souvent les Ministres,
Flatteurs ambitieux et conseillers sinistres,
Etouffent les accens.

« . . . . Autrement il ne saura
» point la valeur de la plupart des choses qui passeront
2ᵉ Édition.   2

» devant ses yeux. Ses Ministres lui en imposeront sans peine à
» toute heure : il croira tout voir, et ne verra rien qu'à demi ,
» etc. etc. »

(FÉNÉLON — *Directions pour la conscience d'un Roi.*)

Même page, Strophe 4.

C'est en favorisant l'essor de la pensée,
Pour éclairer les Rois vers le trône élancée , etc.

Variante du 2.ᵉ vers :

Par un pouvoir craintif naguère menacée , etc.

Page 12 , Strophe 2.

C'est en suivant le cours du grand siècle où nous sommes , etc.

On a récemment applaudi , à l'académie française , ces vers
ingénieux contre ces hommes qui de nos jours ,

« Au char de la Raison s'attelant par derrière ,
» Veulent à reculons l'enfoncer dans l'ornière. »

Même page , Strophe 3.

. . . . . Ce PHARE propice , allumé par son frère ,
Qui reprend sa splendeur !

J'avais défini ailleurs , de la manière suivante , ce Monument
d'un Roi-législateur :

Soumise au pouvoir monarchique ,
Une Liberté pacifique
Des peuples assure les droits :

Elle affermit le trône même ,
Et consacre le diadème
Sur l'autel auguste des Lois.

Page 13 , Strophe 1.

Monte donc sur le trône acquis par ta naissance , etc.

« . . . . . La transmission régulière et paisible de la
» monarchie rend la soumission plus facile et la puissance
» moins ombrageuse. Le Monarque est en quelque sorte un
» être abstrait. On voit en lui non pas un individu , mais
» une race entière de rois , une tradition de plusieurs siècles ,
» etc , etc. . . . »

(M. Benjamin de Constant-Rebecque — *De l'esprit de
conquête et de l'usurpation , etc.* — 1814.)

Même page , Strophe 3.

De la Religion que les pompes antiques ,
Consacrant à nos yeux les fêtes politiques ,
Rassurent l'avenir !

« La France a tressailli de joie lorsque , la piété ratifiant
» les promesses de la loyauté , elle a entendu un Roi renouveler
» devant Dieu le serment de maintenir les institutions qu'elle
» doit à son auguste frère ; elle s'est livrée aux plus doux
» transports de la reconnaissance , lorsqu'elle l'a vu donner
» aux dépositaires de son autorité l'utile exemple d'effacer du
» pacte religieux les vestiges , pour le moins inutiles , d'un
» passé qui ne peut revivre. »

(M. Auger. — *Rép. au disc. de réception de M. Droz
à l'acad. fr. , séance du 6 juillet.*)

Même page , même Strophe.

Le pouvoir rend hommage au seul pouvoir suprême ;
Ces augustes sermens, entendus du Ciel même ,
Un Roi doit les tenir :

L'auteur ne s'est pas attaché à décrire une cérémonie impo-
sante : il a envisagé principalement nos garanties politiques ;
et il a célébré la grande transaction qu'a opérée notre époque
entre le passé et l'avenir.

Page 14 , Strophe 2.

. . . . Un règne heureux et juste,
Digne de tes aïeux ,
Dont tu vois en ce jour resplendir les images , etc.

La salle du banquet royal avait été décorée des portraits des
Rois les plus illustres , parmi ceux qui ont été couronnés à
Reims. Henri IV , dont il faut toujours rappeler le nom quand
il s'agit du bonheur des peuples , fut sacré à Chartres , Reims
étant encore occupé par des troupes ennemies.